DISCOURS

SUR LES VICES

DU LANGAGE JUDICIAIRE;

PAR M. BERRIAT SAINT-PRIX,

Extrait du Magasin Encyclopédique, Numéro de Janvier 1809.

PARIS,

Chez Gabriel Dufour et Compagnie, libraires, rue des Mathurins Saint-Jacques, n.° 7.

IMPRIMERIE DE J. B. SAJOU, RUE DE LA HARPE, n.° 11.

1809.

3/2

DISCOURS

SUR LES VICES

DU LANGAGE JUDICIAIRE,

PAR M. BERRIAT SAINT-PRIX,

Professeur à l'école spéciale de droit de Grenoble (1).

Dans quelque genre que l'on compose, l'élocution est une des parties de l'art d'écrire, auxquelles on doit le plus s'attacher ; surtout lorsqu'il s'agit d'ouvrages où l'on a pour but d'exciter les passions, de toucher le cœur, de flatter l'esprit, de séduire, pour ainsi dire la raison ; et par conséquent des ouvrages propres au barreau non moins que de ceux de la chaire et du théâtre. C'est une vérité reconnue par tous les grands maîtres : elle n'a pas besoin de démonstration ; si quelqu'un essayoit de la contester, il suffiroit sans doute pour le réduire

(1) Ce Discours a été lu, le 24 août 1807, à la séance publique de clôture de l'Ecole de droit, et au mois de mars suivant, à une des séances de l'Académie de Grenoble.

au silence, de lui rappeler que tous ceux qui se sont fait un nom dans l'art noble et difficile de la défense des citoyens, ont brillé par le style; de lui citer parmi les anciens, Démosthène et Eschines, Cicéron et Hortensius, et parmi les modernes, Cochin, Gerbier, Linguet, Loiseau de Mauléon, Dupaty, Target, Desèze, etc., quoique nous nous gardions pourtant de les mettre sur la même ligne que les quatre grands orateurs de la Grèce et de Rome.

Un bon style, et l'on sent que chaque espèce d'ouvrages à un style qui lui est propre, résulte en premier lieu de l'exactitude et de la propriété des expressions, et de la régularité des constructions (c'est-à-dire, de ce qu'on nomme la pureté, la correction); en second lieu, de l'élégance des termes et des tournures, de la précision et de la force de la période, de la vérité des images, de la vivacité des mouvemens, de la liaison des idées, etc., etc.

De toutes ces qualités, la correction est la plus essentielle; surtout, dit le poëte,

Surtout qu'en vos écrits la langue révérée,
Dans les plus grands excès, vous soit toujours sacrée;
Sans la langue, en un mot, l'auteur le plus divin
Est toujours, quoi qu'il fasse, un méchant écrivain.

Heureusement cette qualité est aussi celle qu'il dépend de tout le monde d'acquérir, car elle n'exige que de l'étude et de l'application, tandis que les autres supposent pour la plupart des dispositions que la nature n'accorde pas à tous les hommes. Mais malheureusement aussi, c'est précisément la qualité dont on accuse les gens de loi de manquer. Cette imputation du plus célèbre écrivain du 18.ᵉ siècle (Voltaire) est fondée, au moins jusques à un certain point. Est-il possible de s'en affranchir, c'est-à-dire, peut-on avoir de la correction dans les ouvrages propres au barreau, comme dans ceux qui n'appartiennent qu'à la littérature ? Quelles sont les causes de l'incorrection ancienne et actuelle ? Quels sont les moyens de l'éviter à l'avenir ? Voilà les questions que je me propose de discuter.

PREMIÈRE QUESTION.

Est-il possible d'avoir de la correction dans les divers ouvrages dont s'occupent les gens de loi ? L'affirmative de cette question ne nous semble pas difficile à démontrer. Pour admettre la négative, il faudroit supposer que les idées qu'on doit prendre dans ces ouvrages, sont d'un ordre tellement différent des idées ordinaires, qu'il seroit nécessaire d'employer à chaque instant des termes barbares ou vieillis, et des tournures entièrement opposées au génie de notre langue, qui entre toutes les langues modernes se distingue par sa précision et sa clarté, et s'en distingue à un tel point, qu'un homme d'esprit a dit : « Tout ce qui n'est pas clair n'est « pas français. »

Or, si nous jetons un coup-d'œil sur les divers genres d'ouvrages qu'un homme de loi est appelé à composer, ou à rédiger, nous ne voyons pas qu'aucun d'eux exige des termes barbares, ni des tournures opposées au génie de notre langue. Nous pouvons rapporter ces ouvrages à six classes, les lois, les jugemens, les plaidoyers, les consultations, les actes de procédure judiciaire et les actes de procédure extra-judiciaire.

Une loi a pour objet d'ordonner, de défendre, de permettre, de punir certaines actions. *Virtus*, dit Modestin (l. 7, ff. legib.) *Virtus legis hæc est, imperare, vetare, permittere, punire.*

Dans un jugement on applique les dispositions de la loi à des faits qu'on rappelle, à des questions proposées par les parties. Les consultations ont le même but, excepté qu'on s'y borne à présenter des avis, tandis que dans les jugemens on donne des décisions.

Les mémoires et plaidoyers ont encore le même objet : on s'y livre seulement à des développemens plus considérables.

Enfin, les actes de procédure, soit judi-

ciaire, tels que des comparutions, soit extra-
judiciaires, tels que des actes de dénonciations
de nouvel œuvre, des conventions faites de-
vant des notaires, n'ont pas un objet différent,
si ce n'est qu'on y trace en outre la volonté
des particuliers, relativement à tels ou tels faits,
telles ou telles choses.

On voit donc que toutes Ces espèces d'ouvrages se réduisent, au fond, à donner des
préceptes, exposer des faits et retracer des
conventions ou accords, et à présenter des raisonnemens déduits des préceptes, des faits ou
des conventions. Il n'y a rien dans tout cela
qui sorte de l'ordre commun des idées. On
pourroit même soutenir qu'à la rigueur ils ne
consistent qu'en récits et en raisonnemens,
qu'ils se rapprochent en quelque sorte du
genre de l'histoire, et assurément la correction
n'est pas impossible à un historien.

Il est vrai qu'on est obligé d'y employer
des termes techniques, mais le style n'en
devient pas incorrect pour cela. Un terme tech-
nique est une expression fort utile et souvent
indispensable. Elle est utile, lorsqu'elle rend
par un seul mot ce qu'on n'auroit pu peindre
qu'à l'aide d'une ou plusieurs périodes. Elle est
indispensable, lorsqu'il est impossible de désigner l'objet autrement. Il est vrai encore que
l'abus des termes techniques met de l'obscurité et de la barbarie dans le style : il est vrai

que dans un ouvrage destiné à être entendu ou lu par beaucoup de personnes qui ne connoissent pas la langue de la science dont on y traite quelques points, tel qu'un plaidoyer, il faut éviter de multiplier les termes techniques, et qu'il faut les remplacer par d'autres termes équivalens, si le sens de la phrase ou la force d'un raisonnement n'en sont point affoiblis; mais ni la pureté, ni même souvent l'élégance ne s'opposent à un emploi modéré de ces termes.

Racine a donné un exemple frappant du ridicule auquel on s'expose, lorsqu'on les multiplie. J'écris, fait-il dire à Chicaneau:

J'écris sur nouveaux frais, je produis, je fournis
De dits, de contredits, enquêtes, compulsoires,
Rapports d'experts, transports, trois interlocutoires,
Griefs et faits nouveaux, baux et procès-verbaux;
J'obtiens lettres royaux, et je m'inscris en faux.
Quatorze appointemens, trente exploits, six instances,
Six vingts productions, vingt arrêts de défenses, etc.

Il suffit d'entendre ce récit pour être détourné de commettre de semblables fautes, et rien n'est plus facile que de les éviter. Outre qu'on est rarement forcé d'accumuler les termes techniques, il est très-souvent possible de les remplacer par d'autres, comme nous le montrerons tout-à-l'heure. Nous ne prétendons pas par là que le lan-

gage du barreau soit poétique ; mais , manié
par une plume habile, il n'est point étranger
à l'éloquence : les plaidoyers de quelques-
uns des avocats que nous avons cités, nous
en offrent plus d'une preuve.

Diroit-on que puisque les ouvrages des jurisconsultes anciens, et les jugemens et actes
judiciaires même modernes fourmillent de
mots gothiques, de tournures bizarres, de
périodes extraordinaires, etc., il faut qu'on
soit forcé de s'en servir, et que par conséquent il soit impossible d'écrire sur un sujet
de droit avec élégance et avec correction ?
Nous répondrons qu'il n'y a aucune loi qui
impose une semblable obligation : et cette
réponse s'applique aussi aux termes techniques. C'est un principe établi par tous les
auteurs de droit, et entre autres par Jousse (2)
et Furgole (3), que les actions des lois usitées
dans les premiers temps de Rome n'ont jamais
été reçues en France; qu'on est libre, dans
tout acte judiciaire, d'employer quelque espèce
de terme ou de tournure que ce soit, pourvu
qu'ils expriment les formalités prescrites ; et
qu'aucune formalité de rigueur n'est attachée
plutôt à telle expression ou à telle tournure
qu'à telle autre: que si l'on a suivi une mé-

(2) Commentaire sur l'ordonnance de 1667.
(3) Traité des Testamens.

thode contraire, c'est un abus ; que ce qui
prouve que ce n'est qu'un abus, c'est que
dans les ouvrages ou actes judiciaires modernes, on s'est corrigé d'un grand nombre
des défauts anciens.

Remarquons - le avant d'aller plus loin, la
langue judiciaire s'est en effet améliorée depuis quelque temps ; mais il lui reste encore
beaucoup à faire pour atteindre à la perfection de la langue de Massillon ou de Rousseau.

Diroit-on encore que la nécessité d'abréger,
afin de ne pas augmenter les dépends des
procès, oblige encore d'employer des tournures vicieuses ? Nous répondrons que dans
tous les ouvrages que nous avons été à portée
de consulter, nous n'avons pas observé que
de semblables tournures abrégeassent le discours (on le verra dans l'instant) ; que d'ailleurs le remède seroit pire que le mal, parce
que ces tournures, produisant presque toujours de l'obscurité, font naître de nouveaux
procès.

On peut reprocher au langage ordinaire
du barreau dix espèces principales de fautes.
Ces fautes consistent dans l'usage ou l'emploi

1. D'expressions barbares, qui n'ont jamais
été admises dans le bon langage.

2. D'expressions qui ne sont plus usitées
depuis longtemps.

3. D'inversions forcées et inutiles.

4. De tournures extraordinaires ou obscures et de constructions vicieuses.

5. De répétitions superflues de plusieurs termes synonymes, pour exprimer la même idée.

6. De régimes des verbes, à des cas autres que ceux que les verbes exigent.

7. De temps des verbes hors des relations qu'ils expriment.

8. D'un trop grand nombre de termes techniques ou latins.

On peut ajouter à ces fautes les suivantes :

9. Suppression de mots qui sont des parties nécessaires de certaines expressions composées.

10. Emploi de phrases trop longues, où l'on exprime diverses idées, ou divers faits qui exigeroient plusieurs phrases.

Je vais successivement donner des exemples de ces diverses espèces de fautes, et indiquer comment on les auroit évitées. Je tirerai mes exemples des lois ou projets de lois, des décisions et des observations de tribunaux, et d'ouvrages de jurisprudence très-répandus, les uns et les autres publiés depuis quelques années, et par conséquent supérieurs, quant au style, aux ouvrages anciens de même genre, ainsi que je l'ai déja annoncé. Je ne crois pas convenable d'indiquer publiquement et d'une manière précise, les sources où j'ai puisé ces exemples ; il suffit d'assurer que j'en ai la note, et que les recherches ont été faites avec exactitude. J'observerai seulement qu'il n'est presqu'aucune des expressions que je propose de substituer aux expressions et phrases fautives, qui ne soit plus courte et tout aussi claire ; et que par conséquent la réforme du langage judiciaire n'est point contraire à l'abréviation qu'on doit desirer dans les actes.

PREMIÈRE ESPÈCE DE FAUTES.

Termes et expressions barbares qui ne sont point admis dans le bon langage.

1. On procède chez les notaires plus *tractativement*....... Si l'on n'examinoit pas avec attention les phrases qui précèdent et qui suivent celle où est placé cet étrange adverbe, il seroit impossible de comprendre qu'on a voulu lui faire désigner que les transactions dirigées par les notaires, se passent avec moins de solennité que celles auxquelles les tribunaux président. Il suffisoit de mettre : on procède avec moins de solennité chez les notaires.

2. Le saisissant sera tenu de dénoncer la saisie au débiteur, et de l'assigner *de validité*... On assigne quelqu'un en payement d'une dette, en reconnoissance d'une écriture, etc., et non

pas de payement, de reconnoissance, etc.; il falloit donc, de l'assigner *en* validité.

3. Les derniers créanciers doivent se VENGER sur les effets que les premiers n'ont pas vendus. La vengeance a pour objet une personne et non point une chose ; on ne peut donc se venger sur des effets. Il falloit : les derniers créanciers doivent *s'indemniser , ou se payer* sur les effets, etc.

4. Les mesures qui peuvent BRIDER les huissiers dans leur devoir ne doivent pas être négligées.... On ne bride, au propre, que les bêtes de sommes. On ne peut d'ailleurs , au figuré , brider quelque chose. On bride une chose de quelqu'autre , ou avec quelqu'autre chose. On connoît les beaux vers de Boileau :

La raison trop farouche , au milieu des plaisirs ,
D'un remords importun vient brider nos desirs.

Il falloit, les mesures qui peuvent *retenir, fixer*, etc., les huissiers dans leur devoir.

5. Le commandement ne sera plus *recordé de* témoins.... Le vieux mot *recorder* signifie faire avec l'assistance de records. Il y a donc ici au moins un pléonasme. Mais il étoit bien simple de dire le commandement ne sera plus fait *avec l'assistance* de témoins.

6. *Le père seul ,* CONSTANT LE MARIAGE , *exerce* le droit de détention.... Le mot *con-*

stant signifie en général, ce qui est persévé-rant, ou certain; jamais il n'a désigné l'idée de la durée, ni de l'existence. C'est un barba-risme bien inutile, puisqu'on pouvoit rem-placer ce mot par un autre plus exact et tout aussi court, ainsi qu'on l'a fait dans le Code Napoléon. Le père seul, dit l'art. 373, exerce cette autorité *durant* le mariage, et le mot *pendant* eût encore mieux valu.

7. La quotité d'une obligation peut être incertaine pourvu qu'elle puisse être *déter-minable....* Il y a ici barbarisme de mot et bar-barisme de phrase: barbarisme de mot, en ce que déterminable n'a jamais été français; bar-barisme de phrase, en ce qu'en supposant que déterminable fût français, il signifieroit une chose qui peut être déterminée; on ne pouvoit donc pas dire une chose qui peut être déter-minable. Ce barbarisme, non moins inutile que le précédent, a été évité dans le Code, art. 1129, où l'on a mis tout simplement pourvu qu'elle (l'obligation) puisse être *dé-terminée....*

8. Le préciput ne s'exerce que sur la masse *partageable....* Le mot *divisible* étoit aussi court, aussi clair, et de plus, français.

9. La somme contenue dans le billet *pré-tenduement* enlevé.... *Lisez :* le billet *qu'on prétend avoir* été enlevé.

10. A l'audience à laquelle furent entendus

les témoins *diligentés* par le demandeur....
Lisez : les témoins *produits* par le demandeur.

11. Il n'a été établi ni demandé aucune
constatation de ces prétendues injures....
Lisez : on n'a point *constaté* les prétendues
injures, ni demandé qu'elles *fussent con-
statées.*

12. En admettant même la nullité de l'obligation que Léon avoit *assumée* sur lui de rapporter le consentement des héritiers.... Lisez :
que Léon avoit *contractée* de rapporter le
consentement, etc.

Seconde espèce de Fautes.

*Termes et expressions qui ont vieilli et sont
peu usités.*

Ces sortes de fautes sont sans doute moins
graves que les précédentes; quelquefois elles
sont utiles, lorsque le mot inusité rend mieux
que tout autre l'idée qu'on veut exprimer ;
aussi, ne blâmé-je l'emploi des vieux termes
que lorsqu'ils peuvent être remplacés par
d'autres aussi exacts.

1. Au lieu, par exemple, de ces expressions,
si le débiteur fait *tardivement* sa déclaration.

2. Les créanciers produiront leurs titres *ès*
mains du juge.

366

3. Si l'acquéreur se *dénantissoit* des deniers.

4. Lorsque les citoyens veulent faire *authentiquer* leurs accords.

5. De la faculté accordée à la femme de reprendre *franchement* et *quittement* son apport.

6. Si l'un des *échangeurs* a reçu la chose à lui donnée en échange.

7. L'estimation doit être faite par *gens à ce connoissant*.

8. Un acte frauduleux et *dolosivement* extorqué.

9. Il sera *supersédé* à toutes poursuites.

Il eût été facile d'employer les suivantes:

1. Si le débiteur fait *trop tard* sa déclaration.

2. Les créanciers produiront leurs titres *entre les mains* du juge, ou même *au* juge.

3. Si l'acquéreur se *dessaisissoit* des deniers.

4. Lorsque les citoyens veulent *rendre authentiques* leurs accords, ou leur *donner de l'authenticité*.

5. De la faculté accordée à la femme de reprendre son apport *franc et quitte*.

6. Si l'un des *copermutans* a reçu la chose à lui donnée en échange.

7. L'estimation doit être faite par des *experts*, ou *gens de l'art*.

8. Un acte frauduleux et extorqué *par dol.*

9. Il sera *sursis* à toutes poursuites.

L'emploi de ces vieux termes a aussi un inconvénient ; il entraîne à des expressions barbares ceux qui se donnent la licence, licence bien commune, de dériver des mots d'autres mots usités. Ainsi un huissier a lu dans une loi, dans un traité de droit ; les mots *tardivement* et *dolosivement ;* il s'imagine pouvoir dire *attendu l'heure tarde ,* pour annoncer que le jour étoit avancé, qu'il étoit tard; et un acte *doleux ,* pour désigner un acte infecté de dol , etc.

L'habitude de commettre, soit ces fautes, soit celles que nous avons indiquées et celles que nous noterons encore, a un autre résultat bien plus fâcheux : elle empêche d'atteindre, dans toute espèce de composition, à cette pureté de langage, sans laquelle il est impossible , nous l'avons remarqué, de se faire un nom au barreau comme dans quelque partie que ce soit de la littérature. L'expérience l'a prouvé. La plupart des écrivains les plus élégans laissent toujours, malgré eux-mêmes et presque à leur inscu, échapper dans leurs productions quelques traces du style ou de la manière de s'énoncer propre à leur profession journalière. Un avocat, par exemple, employera , sans s'en apercevoir , des expressions de droit dans un ouvrage de littérature.

Que sera-ce donc de ceux qui sont moins
habiles ou moins expérimentés, ou qui n'en
sont qu'aux élémens des connoissances humaines ? C'est donc à ceux-ci et par conséquent aux élèves des écoles publiques, qu'il
importe le plus d'éviter ces sortes de fautes,
et c'est aussi pour eux que nous avons fait
les recherches et que nous nous sommes livrés
aux discussions dont nous présentons aujour-
d'hui le précis.

TROISIÈME ESPÈCE DE FAUTES.

Inversions forcées et inutiles.

Rien de plus commun que ces sortes d'inversions dans le style des actes judiciaires.
On sépare entre autres fort souvent les pré-
positions des parties de périodes qu'elles ré-
gissent par des phrases incidentes qui devoient
être renvoyées après les premières.

Ainsi, je lis dans un modèle imprimé d'as-
signation :

« Jean est assigné pour, sous l'offre de
« Pierre, d'imputer tous légitimes payemens,
« se voir condamner à lui payer le montant
« de l'obligation. »

Il eût été tout aussi exact de dire : « Jean
« est assigné pour être condamné à payer
« à Pierre le montant de l'obligation, dé-

« duction faite de tous légitimes payemens,
« que Pierre offre d'imputer. »

QUATRIÈME ESPÈCE DE FAUTES.

Tournures extraordinaires ou obscures :
constructions vicieuses.

1. Le demandeur doit être prêt et venir
armé de toutes ses pièces pour se faire res-
tituer sa chose... On dit qu'un homme est
armé de toutes pièces, lorsqu'il est muni des
diverses espèces d'armes qu'on peut porter,
comme jadis de cuirasses, de boucliers, épées,
lances, etc. Cette tournure est donc du langage propre. Mais on ne peut dire dans le
même langage, armé d'un acte ou de plusieurs
actes, parce que des actes ne sont pas des
armes.

2. Il falloit que la femme *eût l'oreille frap-*
pée (qu'on lui eût fait une notification), pour
purger son hypothèque légale.... Il suffisoit
de dire qu'il convenoit d'avertir la femme,
afin de pouvoir purger son hypothèque ; mais
non, cela étoit trop simple ; *frapper l'oreille*
de la femme a paru fort élégant.

3. Le demandeur somme les parties de *se*
rencontrer à l'étude du notaire... Une ren-
contre est un hasard. Il est donc absurde d'in-

2

terpeller deux parties de se rencontrer, puisque cela ne dépend pas de leur volonté; mais on peut les interpeller de se *trouver*, non pas *à l'étude*, mais *en l'étude* ou *dans l'étude* d'un notaire.

Toutes les tournures recherchées rappellent ce trait de l'*Irato*. On commence un récit en ces termes : l'astre de la nuit promenoit son disque argenté. Le docteur Balouard interrompt la narration en s'écriant : Eh! dites tout bonnement qu'il faisoit clair de lune!

4. La folle-enchère ne peut avoir lieu que *si le non payement* des frais provient de l'adjudicataire... Il étoit facile d'éviter cette tournure vicieuse. La folle-enchère, eût-on observé, ne peut avoir lieu que *lorsque* c'est l'adjudicataire qui n'a pas payé les frais. On eût également évité un barbarisme, car on ne peut pas dire qu'un *non payement* provienne de quelqu'un, parce que les mots *non payement* indiquent une chose qui n'a pas eu lieu, et qu'une chose qui n'a pas eu lieu ne peut provenir de rien.

5. La loi n'applique la peine des fers que *pour autant que* le vol qui y est spécifié *auroit été* commis par, etc..... Il eût été plus simple, plus clair et plus court de mettre.... *qu'autant que* le vol qui y est spécifié *a* été commis par, etc..... Le mot

pour mis avant *autant* ne sert qu'à faire un solécisme (4).

6. Un procès-verbal *bien*, *autant que ce faire régulier....* Tournure gothique et inintelligible. Il falloit tout bonnement un procès-verbal regulier, autant qu'il est possible.

Jean a été entendu *à* témoin.... Lisez : Jean a été entendu *comme* témoin, ou *a déposé*, etc.

CINQUIÈME ESPÈCE DE FAUTES.

Répétitions superflues de termes synonymes pour exprimer la même idée.

Cette espèce de faute est encore assez commune, mais beaucoup moins qu'autrefois. « J'ai intimé et signifié ; je lui ai dit et déclaré ; je lui ai donné et laissé copie ; je « l'en ai enquis et requis, etc. » Voilà quelques exemples de ces mots accolés si inutilement dans certains actes judiciaires, et dont l'un des deux étoit suffisant. Racine en avoit cependant montré le ridicule en faisant dire à l'Intimé :

Je vais sans rien omettre et sans prévariquer,
Compendieusement énoncer, expliquer,

(4) Quant au conditionnel *auroit* mis mal-à-propos pour le prétérit *a*, voyez ci-après la septième espèce de fautes.

Exposer à vos yeux l'idée universelle,
De ma cause et des faits renfermés en icelle.

L'un de ces trois mots, énoncer, expliquer, exposer, dispensoit des deux autres. Le plus célèbre critique de notre siécle, Laharpe (*Comment. sur Racine*), en a fait l'observation. Espérons qu'à l'avenir on ne pourra pas ajouter comme lui, que jamais avocat de sept heures ne s'est contenté d'un seul mot pour une seule idée.

Le mot *icelle*, qui termine si plaisamment ces quatre vers, est destiné à éviter des répétitions. Par malheur, il a tellement vieilli qu'il est difficile de l'employer saus prêter au ridicule. On cite cette réponse d'un praticien interrogé sur les démarches d'un accusé. « Du pré, je l'ai vu passer dans la forêt, « d'icelle en icelui, d'icelui en icelle, et d'i- « celle je l'ai perdu de vue. » On lui demanda s'il avoit étudié en pratique, et il ne manqua pas de répondre : *j'ai eu l'honneur d'étudier en* ICELLE.

L'expression *le dit, la dite*, est aussi destinée à éviter des répétitions. Mais, comme on est obligé de la joindre au nom, soit d'homme, soit de chose qu'on doit répéter, elle ne sert presque jamais qu'à alonger inutilement le discours. Il suffiroit alors de répéter le nom auquel on l'a joint. Un exemple le prouvera mieux que tous les raisonnemens. Voici un des modèles d'actes imprimés dans un commentaire du Code de Procédure. Je copie littéralement, à l'exception des noms :

« A la requête de Jacques Belin, demeu-
« rant à Marly, je soussigné François Ro-
« land, huissier, etc., ai à M. Jean Guillet,
« notaire à Meudon, signifié l'ordonnance
« obtenue sur requête par le *dit* sieur Belin,
« le 1.ᵉʳ janvier dernier, laquelle enjoint au
« *dit* notaire de délivrer au *dit* requérant une
« seconde grosse de son contrat de mariage,
« la première ayant été brûlée le 1.ᵉʳ décem-
« bre précédent. En conséquence de la *dite*
« ordonnance j'ai fait sommation au *dit* no-
« taire Guillet de délivrer au *dit* requérant
« une seconde grosse du *dit* contrat dans le
« délai de trois jours, et j'ai au *dit* notaire
« Guillet, laissé copie de la *dite* ordonnance
« et de la *dite* requête. »

On voit que les mots le *dit*, la *dite*, si souvent répétés dans le modèle, n'étoient utiles dans aucune des circonstances où ils ont été employés, parce qu'il ne pouvoit y avoir d'équivoque sur les noms des personnes ou des choses auxquelles on les a joints. Il falloit donc ne pas s'en servir.

Il en est autrement à l'égard des citations d'autorités. Une citation doit être conçue le plus brièvement qu'il est possible, afin de ne

pas interrompre trop longtemps le fil du discours où on l'intercalle. Les mots *dit* et *dite*
y sont fort utiles, parce qu'ils dispensent de
répéter plusieurs autres mots, quelquefois
même des phrases entières

Sixième espèce de Fautes.

Régimes (5) *des verbes mis à des cas différens de ceux que ces verbes exigent.*

1. Le débiteur peut ignorer le jugement,
ou ne plus *s'en rappeler*... Il ne faut pas con-
fondre le verbe, se rappeler avec le verbe se
souvenir; l'un gouverne ou régit l'accusatif,
l'autre le génitif; on se souvient *d'une* chose
et on *se la* rappelle. Il est fâcheux que cette
faute soit très-commune dans nos contrées,
soit au barreau, soit hors du barreau.

2. J'ai *signifié et donné copie de l'ordonnance*... Même observation quant au verbe
signifier. Il falloit j'ai signifié l'ordonnance
et j'*en ai* donné copie.

3. La donation qu'*a* consenti le demandeur...
La vente *consentie par* l'intimé.... Consentir
exige le datif. On devoit dire la donation,

(5) J'emploie le mot régime dans le sens reçu par
le plus grand nombre des grammairiens, quoique je
pense avec Beauzée, que notre langue étant dépourvue
de cas, ne doit point avoir de régime.

la vente *à laquelle* a consenti... Cette faute est encore très-commune.

Septième espèce de Fautes.

Temps des verbes employés hors des relations qu'ils expriment.

Lorsqu'on raconte quelque chose dans les jugemens et les actes, on substitue le plus souvent le conditionnel au prétérit.

« Il faut savoir, dit-on, que procès civil
« *auroit* été intenté par-devant le tribunal,
« le 1.ᵉʳ janvier 1780 : que Pierre *auroit* suc-
« cédé à Louis le 1.ᵉʳ février ; que Joseph *au-*
« *roit* assigné François le 1.ᵉʳ mars ; que Fran-
« çois *se seroit* défendu le 1.ᵉʳ avril, etc. »

Que veut-on exprimer par ces sortes de locutions ? Des faits passés, sans doute. Pourquoi ne pas employer le parfait ou prétérit de l'indicatif, qui est destiné à peindre ces sortes de faits ? Les phrases précédentes les désignent-elles mieux que celles-ci ?

« Il faut savoir que procès civil a été (ou
« *fut*) intenté le 1.ᵉʳ janvier : que Pierre *a* suc-
« cédé (ou *succéda*) à Louis le 1.ᵉʳ fé-
« vrier ; que Joseph *a* assigné (ou *assigna*)
« François le 1.ᵉʳ mars ; que François se *dé-*
« *fendit* le 1.ᵉʳ avril, etc. » S'il est incontestable que ces dernières expressions sont au

moins aussi exactes, les premières sont donc des barbarismes inutiles.

Plusieurs gens de loi ont cependant essayé d'excuser cet emploi abusif du conditionnel au lieu du prétérit, que d'Alembert, Voltaire, et d'après celui-ci, l'abbé Feraud avoient réprouvé. Ils ne se sont pas fondés sur les règles de la grammaire; ils ont seulement prétendu que leur méthode est plus commode *pour* que le récit. Cette assertion n'est pas exacte, parce que le prétérit étant, quant à l'expression, moins long que le conditionnel, doit resserrer et animer le discours; mais en admettant que leur assertion fût juste, cette confusion des temps n'en seroit pas moins inexcusable.

Il est vrai que les grammairiens sont divisés sur la dénomination du *temps*, protégé pour ainsi dire par les gens de loi. Les uns, tels que l'abbé Girard, Beauzée et Sicard, l'appellent prétérit du *suppositif*, mode nouveau qu'ils ont imaginé; d'autres, comme Restaut, Regnier, Latouche, Wailly, Gatel, le nomment *conditionnel*; mais tous sont du même avis sur la nature. Il est destiné à exprimer une action dépendante d'une condition. Il n'énonce pas, dit Beauzée, l'existence d'une manière absolue, ce n'est que dépendamment d'une supposition particulière, et il en rapporte cet exemple : j'aurois lu cet ouvrage, si je l'avois. Ainsi l'expression déja citée *il faut savoir que procès civil auroit été intenté* est fausse, dès qu'on veut l'employer à indiquer un fait réellement arrivé, indépendamment de toute condition ou supposition. C'est donc, je le répète avec Voltaire et l'abbé Féraud, c'est un barbarisme.

HUITIÈME ESPÈCE DE FAUTES.

Emploi d'un trop grand nombre de termes latins ou techniques.

Les actes judiciaires étant rédigés en français, l'emploi des termes latins y produit des disparates désagréables : on doit donc en être sobre, surtout lorsque ces termes n'ajoutent point à la force ou au sens de l'expression. Ainsi il est au moins inutile de dire *primò, secundò, tertiò*, etc., au lieu de dire premièrement, secondement, etc. Les bons écrivains ne commettent jamais cette faute. Voyez Voltaire, Massillon, etc.

Il y a encore disparate lorsqu'on cite dans des exemples, des noms latins au lieu de noms français. Dans la plupart des hypothèses qu'ils proposent, les jurisconsultes français citent presque toujours *Titius, Mœvius, Sempronius*, etc. Supposons, observent-ils, que Titius ait vendu à Mœvius la maison de Sem-

3/78

pronius. Ils imitent en cela les Romains; mais l'imitation est mauvaise. Les Romains ne faisoient point de disparate en usant de ces noms dans leurs exemples, parce que c'étoient des noms de leur langue. On ne voit point qu'ils aient cité des noms grecs. C'est en cela qu'on auroit dû les imiter, et par conséquent au lieu de Titius, de Mævius, etc., se servir des prénoms de notre langue, tels que Louis, Joseph, Charles, etc.

A l'égard des termes techniques, j'ai déja prouvé (Voyez le commencement de ce mémoire), qu'on ne doit pas les multiplier sans nécessité; qu'on doit au contraire, surtout dans les ouvrages, tels que les plaidoyers, destinés à des personnes qui pour la plûpart n'entendent pas la langue du droit, les remplacer par des termes usuels lorsque cela se peut. J'observerai cependant que lorsque les termes usuels ne sont pas parfaitement synonymes aux termes techniques de droit, il faut préférer ceux-ci quoiqu'ils soient moins harmonieux, parce que l'exactitude est la première règle que doive observer un écrivain. Ainsi je ne dirois pas avec un commentateur du Code de procédure *les raisons que l'on allègue pour la* PURGATION *des hypothèques,* parce que le mot *purgation* s'applique à une médecine, et le mot *purgement* à une hypothèque. Purgation, appliqué à une hy-

pothèque , offre d'ailleurs une idée désa-
gréable.

Neuvième espèce de Fautes.

*Suppressions de mots qui sont des parties
nécessaires de certaines expressions composées*

1. Le poursuivant la vente.... Se fera délivrer.... Le réquérant l'ordre fera son réquisitoire.... On sent combien ces expressions sont
choquantes; et qu'il falloit *celui qui poursuit
la vente se fera délivrer. Celui qui requiert*
l'ordre fera son réquisitoire.

Il est vrai qu'on dit par abréviation *le
poursuivant* pour celui qui poursuit, *le réquérant* pour celui qui requiert; mais ces
expressions abrégées ne sont tolérables qu'autant qu'elles sont suivies immédiatement du
verbe qu'elles doivent régir, parce que l'esprit n'a pas, pour ainsi dire, le temps de
s'apercevoir combien elles sont opposées à
l'harmonie.

2. Il y a deux lois de différens temps sur
les saisies. La plus ancienne exige telle formalité; *celle postérieure* les supprime.

Lisez *celle qui est postérieure* , ou qui
est la plus récente. Cette suppression irré-
gulière des *qui* ou *que* et du verbe *être*

après les pronoms, est aujourd'hui fort commune.

3. On n'a pas décidé la question de savoir à qui appartient la connoissance des faillites; *si aux* tribunaux de commerce, *si aux* tribunaux ordinaires?

Pour peu qu'on ait du goût, on aperçoit combien cette abréviation est vicieuse. Il falloit nécessairement *si c'est aux* tribunaux de commerce, ou bien *est-ce aux* tribunaux, etc.

DIXIÈME ESPÈCE DE FAUTES.

Phrases longues outre mesure, et où l'on exprime plusieurs idées, où raconte plusieurs faits, qui exigeroient des phrases séparées.

Une phrase est une partie du discours destinée à peindre une idée. On peut distinguer dans une idée un objet principal et plusieurs objets accessoires; en conséquence une phrase peut être distribuée en plusieurs parties dont l'une peindra l'objet principal, et les autres ses dépendances ou accessoires. Mais toutes les fois qu'on a plusieurs objets principaux et distincts à représenter, il faut nécessairement employer plusieurs phrases, autrement le discours offre une telle diffusion, une telle obscurité qu'il est fort difficile et souvent impossible de le comprendre, surtout à une première lecture. Bien plus., lors même qu'on n'a qu'une idée principale à exprimer, si les idées accessoires sont en grand nombre, il est prudent de faire plusieurs phrases. C'est une vérité reconnue par l'étude de notre littérature, que les écrivains du premier ordre, tels que de nos jours Rousseau et Buffon, ont seuls eu assez de talent pour rendre avec clarté dans une phrase beaucoup d'objets distincts, quoique dépendans d'un objet principal ; et comme la clarté est le caractère essentiel de notre langue, il vaux mieux avoir un style haché, mais clair, qu'un style nombreux, mais obscur.

D'après ces réflexions, que penser de l'habitude où l'on est encore de ne faire qu'une seule phrase dans presque tous les actes judiciaires, quelque étendue qu'ils aient?

J'ouvre au hasard un des recueils de modèles d'actes, publiés par les commentateurs du Code de Procédure; je trouve une formule de notification d'une vente volontaire à des créanciers. Elle contient dans l'ordre suivant :

1. L'indication du jour de l'acte.

2. La désignation de l'huissier, de ses qualités, domicile, commission , etc.

3. Celle de l'acquéreur.

4. Celle de chacun des créanciers.

3. 82

5. L'énonciation de chacun des actes notifiés.

6. Une déclaration de constitution éventuelle d'avoué, en cas de surenchère.

7. Une autre déclaration que l'huissier a laissé une copie de la notification à chacun des créanciers, et une indication de chacune des personnes auxquelles il en a fait la remise.

On voit que cet acte a sept parties distinctes, dont quelques-unes, comme celle où l'on désigne les créanciers, peuvent être fort longues, et il est possible que l'acte en totalité ait plus de deux pages. Néanmoins la formule du commentateur n'a qu'une seule phrase. Cette phrase est régie jusqu'au dernier mot par un seul nominatif, c'est-à-dire par le pronom personnel *je* placé avant la désignation de l'huissier; de sorte qu'il faut lire quelquefois quinze ou vingt lignes avant de trouver un des sept verbes auxquels il se lie, et toujours suppléer le nominatif avant ces verbes. Il n'y a rien de plus ridicule et de plus contraire à la syntaxe que cette séparation du nominatif et du verbe, lorsqu'elle est un peu longue. Une autre séparation non moins étrange qu'on observe dans le même modèle, est celle du verbe auxiliaire et du verbe proprement dit, qu'il doit cependant toujours accompagner, puisqu'il en détermine la signification.

Ces vices de rédaction paroîtront plus sen-
sibles à la lecture du commencement de ce
modèle.

« L'an 1807 et le 1.er février, JE François
« Regis, huissier audiencier au tribunal de
« première instance de Lyon, patenté, sous-
« signé, commis exprès à l'effet des présentes,
« par ordonnance de M. le président dudit
« tribunal, en date du 28 janvier dernier, à
« la requête du sieur Jacques Joseph Rei-
« baud, marchand à Vienne, acquéreur de
« l'immeuble mentionné au titre, dont extrait
« sera donné avec copie du présent aux
« créanciers ci-après nommés, et pour lequel
« domicile est élu chez M. Charles Julien,
« avoué au dit tribunal de Lyon, AI au sieur
« Louis Bonnet, fabricant de bas à Lyon,
« au domicile élu par lui dans son inscription
« du 1.er vendémiaire an treize, chez M. Lau-
« rent Dufour, avoué au dit tribunal, au dit
« domicile parlant à un des clercs du dit
« M. Dufour, lequel n'a voulu dire son nom,
« ni signer de ce enquis; au sieur Jean Mo-
« lin, à Bourg, au domicile élu par son ins-
« cription, etc. (Ici se trouve l'énonciation
« de tous les créanciers à qui l'on notifie, et
« il y en a souvent un grand nombre).

« SIGNIFIÉ; 1. Extrait du titre d'acquisition
« faite par le dit sieur Reibaud, du domaine de
« Lus, situé sur la commune de la Guillotière,

« le vingt-un décembre 1806, de sieur Tou-
« lon, maréchal à Villerbanne.

« 2. Extrait de la transaction de l'acte , etc.

« 3. etc. »

On voit que les trois mots, *je , ai , signifié*,
qu'on ne peut séparer en aucune circonstance,
parce que l'un est le nominatif ou le sujet qui
fait l'action , et les deux autres forment le
verbe , c'est-à-dire, le mot qui indique l'action , sont cependant placés l'un au commencement, l'autre au milieu , et le troisième
vers la fin de l'acte. C'est un véritable logo-
griphe, dont un homme de loi sait seul trouver
la clef.

Les limites assignées à ce discours et la nature de cette séance , ne me permettent pas
d'indiquer comment on auroit pu éviter ces
fautes. Il suffit d'observer qu'en distribuant
l'acte en plusieurs phrases , il eût été plus
clair , tout aussi valable, et à peu près aussi
court.

Observez que cet acte est un des plus sim-
ples de la procédure. Dans ceux qui sont
compliqués, la diffusion et l'obscurité aug-
mentent, et les fautes se multiplient à propor-
tion qu'ils sont plus étendus : on s'en con-
vaincra aisément, si l'on parcourt quelques-
uns des recueils d'où je l'ai tiré; encore la
rédaction des actes dont ils proposent les modèles, est-elle bien supérieure à la rédaction

des anciens praticiens, surtout des siécles passés.

En terminant cette nomenclature des principales espèces de fautes que l'on commet dans le langage judiciaire, nomenclature à laquelle il seroit facile de donner une étendue cent fois plus considérable, nous observerons qu'ainsi que nous l'avons annoncé, il n'est aucune des fautes précédentes, soit d'expressions, soit de tournures impropres, qu'on n'eût pu facilement éviter, sans manquer à la précision, ni à l'exactitude; et comme les passages que nous avons cités ont été pris au hasard, nous pouvons appliquer la même remarque à tous les autres, et par conséquent assurer ainsi que nous l'avons fait, que les fautes de langage qu'on impute aux gens de lois ne tiennent point à la science qu'ils professent.

Quelle est donc la cause de ces fautes ou de l'incorrection qu'on observe souvent dans plusieurs de leurs ouvrages, et surtout dans les jugemens et actes de procédures? Telle est la deuxième question que nous avons à examiner.

DEUXIÈME QUESTION.

On sait que les ténèbres de l'ignorance, et d'une ignorance profonde ont couvert toute l'Europe jusques au dix-septième siécle. Elles se sont dissipées alors presque par enchantement. Dans un espace de soixante à quatre-vingts ans, la littérature prit un vol si rapide qu'on n'a encore pu dépasser les régions qu'elle atteignit. L'élégance et la correction de Racine et de Boileau n'ont point été égalées, et ne le seront probablement jamais. Leurs écrits et ceux de tant d'autres grands hommes du siécle de Louis XIV fixèrent la langue; à un très-petit nombre d'exceptions près, tous les auteurs qui depuis ont acquis quelque réputation, ne se sont point écartés des termes et des tournures qu'ils avoient consacrés. On trouve, sans doute, dans les ouvrages de ces derniers, des incorrections; mais elles sont en petit nombre, et elles ne se rencontrent ordinairement que dans les passages où, soit les locutions, soit les tournures, ne sont pas généralement adoptées. La langue judiciaire, il faut en convenir, n'a pas fait des progrès aussi rapides; on l'a vu par les exemples que nous avons rapportés.

Mais il faut remarquer que les littérateurs sont libres de se livrer à l'impulsion de leur génie ; ils n'ont d'autres entraves que celles de la critique, et précisément la critique s'attachant plutôt aux détails du style qu'aux fautes d'inventions, de disposition, d'intérêt, etc., a contribué beaucoup à leur faire acquérir

cette pureté de langage que nous desirons. Les
gens de loi au contraire ont été gênés par les
anciens tribunaux ; ils ont dû plus ou moins
s'assujettir aux mêmes formes, aux mêmes
usages que suivoient les corps dont ils récla-
moient les décisions. Or, les anciens tribunaux étoient permanens et perpétuels, et ainsi
que cela est naturel à toute corporation, ils
étoient fort attachés à leurs usages. Un motif
d'ailleurs fort impérieux leur faisoit vénérer
ces usages, comme une espèce d'arche à laquelle il étoit fort dangereux de toucher. Le
pouvoir immense dont ils jouissoient n'étoit
le plus souvent fondé que sur des coutumes.
Chercher à modifier ces coutumes, même dans
des choses insignifiantes, c'eût été courir le
risque d'en affoiblir l'autorité pour les circonstances les plus importantes.

Par malheur, les tribunaux furent créés
à une époque où la langue française étoit dans
l'enfance et la barbarie. Les formules, les tournures, les expressions qu'ils adoptèrent, se
ressentirent de cet état de choses. Leurs suc-
cesseurs, par les motifs que nous venons d'exposer, n'osèrent ou ne voulurent rien ou presque rien y changer. Si l'on compare les
registres de ces temps, connus sous le nom
d'*olim*, avec ceux des derniers siècles, on
reconnoît bientôt cette puissance de l'habitude et de la routine, car on n'y aperçoit

guères d'amélioration dans le langage des jugemens.

Il est vrai qu'à cette époque les actes judiciaires s'écrivoient tous en langue latine. Mais
cette langue étoit alors tout aussi éloignée de
celle de Cicéron, que celle d'un exploit d'ajour-
nement l'est aujourd'hui de la langue de Racine. La barbarie et la trivialité étoient ses
moindres défauts. La diffusion et l'obscurité
qui y régnoient, donnoient sans cesse lieu à
des interprétations contradictoires des décisions des tribunaux. Frappé de ces inconvé-
niens, Charles VIII, en 1489, chercha à y
apporter un remède, en ordonnant que les
enquêtes seroient écrites en français. Veut-on
un exemple frappant de l'empire des coutumes? Cette décision si sage renouvellée vingt-
trois ans après par le bon roi Louis XII (*Ordonnance de* 1512, *art.* 47), et étendue à
tous les actes en 1539 (*Ordonnance de Vil-
lers-Cotteret, art.* 111), par François I.er,
éprouva des obstacles. Elle ne fut exécutée
qu'en partie et avec lenteur. On fut obligé de
la prescrire de nouveau en 1563, par l'ordonnance de Roussillon (*art.* 31), et enfin de
la rappeler aux tribunaux ecclésiastiques par
celle de 1629 (*art.* 27.).

Suivant le satyrique Hotman (*Anti-Tribo-
nien,* chap. 13), François I.er se décida à
la proscription de la langue latine, parce qu'il

fut averti que dans la prononciation de quelques arrêts on se servoit de ces termes étran-
ges, qui assurément ne se trouvent ni dans les
lois romaines, ni dans quelqu'auteur latin que
ce soit : *debotamus* et *debotavimus.* Mais si
cette anecdote est vraie, qu'y gagna-t-on ?
Les tribunaux francisèrent ces termes, et ils
prononcèrent depuis, nous avons *débouté* et
nous *deboutons.*

J'ai observé qu'un grand nombre d'expressions du même genre passèrent alors, et sont
restées longtemps dans la langue des tribunaux. Ce n'est que depuis quelques années
que plusieurs d'entre elles ont disparu : car
cette langue, je le répète, s'est améliorée dans
ces derniers temps. Cela vient sans doute de
ce que les tribunaux actuels sont plus attachés à la raison et au bon goût qu'aux usages
et à la routine.

TROISIÈME QUESTION.

Ceci me conduit à la dernière question sur
laquelle j'ai à jeter un coup-d'œil. Quels sont
les moyens de régénérer entièrement la langue
judiciaire ?

Un premier moyen qui me paroît devoir
produire de bons effets, ce seroit que la rédaction des jugemens que l'on publie dans
les journaux de jurisprudence fût beaucoup

plus soignée. Ces jugemens sont cités chaque jour dans le barreau; on est porté naturellement à employer leurs expressions ou leurs tournures, soit exactes, soit impropres.

Les tribunaux ne sont plus des corporations attachées plutôt à leur autorité qu'au bien public. Ils sont composés de magistrats tirés presque tous de cet ordre des avocats qui déja avoit tâché dans ses écrits, de secouer le joug d'une routine aveugle, et qui nous y a laissé de si beaux modèles; de cet ordre à qui l'amour du beau étoit aussi inhérent que la passion du bon et de l'utile; de cet ordre dont les chefs figuroient et figurent encore dans l'Académie française, c'est-à-dire, dans l'aggrégation où la langue est le mieux connue. On peut donc espérer qu'ils seconderont la régénération desirée, soit par leur exemple, ainsi que nous venons de le dire, soit par l'accueil qu'ils feront aux productions où les gens de loi se distingueront par le style.

Les écoles de droit ne forment pas non plus des corporations asservies à leurs usages. Les professeurs s'attacheront, sans doute, à mettre dans leurs leçons, et à exiger des élèves dans leurs réponses et leurs examens, plus de correction qu'autrefois; et tel est un des moyens les plus puissans à mon avis pour conduire à sa perfection la langue judiciaire. Les professeurs ne devront pas se borner là : ils recomman-

deront aux élèves d'allier autant qu'il est possible l'étude des lettres à celle de la jurisprudence, de se délasser de leurs travaux péni-
bles par la lecture des chef-d'œuvres qui
ont porté le nom français aux extrémités de
l'univers, et ont peut-être secondé nos con-
quêtes en facilitant les communications entre
nos armées et les habitans des pays soumis.

On peut même offrir à la jeunesse une
ressource dont elle manquoit jadis. C'est l'é-
tude, la méditation des discours prononcés à
la tribune législative par les orateurs du gou-
vernement, lorsqu'ils exposent les motifs d'une
loi proposée. Cette étude leur servira tout à
la fois, et de secours pour chercher cet esprit
de la loi qu'il est si essentiel de saisir (*scire
leges non est verba earum tenere sed vim
ac sensum*), et de modèle pour la manière
de traiter avec correction et élégance, les discussions judiciaires. Qui de nous n'a pas lu
les discours éloquens de M. le conseiller d'état
Portalis, depuis ministre des cultes ? Ne
sont-ils pas des preuves parlantes qu'il est
possible, qu'il est aisé, aux ~~yeux des~~ gens de
loi, de s'affranchir des débris de barbarie
féodale qui sont encore restés dans leurs actes
ou dans leurs ouvrages ?

Depuis Fontenelle et Voltaire, les sciences
ont fait une alliance étroite et heureuse avec
la littérature. On a senti que la science ne

devoit pas être réservée à un petit nombre
d'adeptes : qu'on devoit s'efforcer d'en pro-
pager les bienfaits dans toutes les classes de
la société, et que par conséquent il falloit la
professer dans une langue entendue de la
multitude. On a renoncé à la manie des citations de pure érudition, et à celle d'hérisser
de termes techniques les leçons et les traités.
On a cherché à semer de fleurs la carrière
épineuse de l'enseignement. Les derniers ouvrages publiés sur les branches les plus abs-
traites des connoissances humaines, telles que
l'Analyse mathématique, ont été écrits avec
pureté et élégance. Les savans n'ont plus ré-
pugné à être sociables, aimables, enfin, hommes
du monde.... Qui n'a pas entendu parler des
ouvrages de M. le sénateur Laplace, et des
leçons brillantes du premier magistrat de
l'instruction publique, M. le conseiller d'état,
directeur-général Fourcroy ? Et sans aller si
loin, le chef de l'administration du départe-
ment et de notre école (6), et celui qui rem-
plit les fonctions du ministère public auprès
de notre cour d'appel (7), ne nous prouvent-
ils pas tous les jours qu'on peut faire oublier
l'aridité des discussions scientifiques ou judiciaires par les grâces de l'élocution. . . . . .
. . . .

(6) M. Fourier, préfet de l'Isère.

(7) M. Royer de Loche, procureur général impé-
rial à la cour d'appel de Grenoble.

394

396

www.ingramcontent.com/pod-product-compliance
Lightning Source LLC
Chambersburg PA
CBHW071254210626
46818CB00013B/1435